陸離たる空

木ノ下葉子

港の人

陸離たる空　目次

Ⅰ　空が鳴る

I

空が鳴る

風はいつも

父は茂、妹は梢、風はいつも固有名詞の彼方から吹く

もう二度と逢へない人の貌をして或る日するりと降りてくる蜘蛛

空の底ぞつとするほど露出して逆上がりさへ無理せずできる

現在を過去へ押し遣るやうにして定まらぬ夜のアクセルを踏む

台風の眼《まなこ》に眠り深ければ夢にも及ぶコリオリの力

今朝は少しまなぶた軽し風の吹く夢に睫毛を撫でられゐしか

振り返すてのひらはもう君からは見えない葉擦れのプラットホーム

昼の月

かつて雨は地を打つよりも真つ先にわが額濡らし挨拶をした

瞬きに傷ついてゐる空のやう　たひらかな君見上げたくなる

ハンドルへ伸びる腕首袖口から手袋までの二センチ黒し

葉の間《あひ》に透けて見えぬる青いろを疑ひてみきそらと言ふもの

泣かぬやう仰ぎし空の一部分ふやけてをりぬああ、昼の月

特急のパンタグラフの削りゆく西つ空より血汐したたる

沈み切つてしまへば安定するものを赤き時間を長引かせるな

汗ばむたましひ

我がおもて体内よりも赤からむ完膚無きまで朝日を浴びて

死ぬといふことば覚えてのち暫し生くといふ語を知らずに生きき

太陽に笑ひかけられ疲れたりコジマの看板避けつつ歩く

カーブ行く列車の車輛直たるを見極めらるるぎりぎりの距離

夕光《ゆふかげ》が送電線をなぞりゆく突き放すなら引き寄せないで

われが我に飽きくる心地ややありて夕べのバスに小銭を探る

隠しても隠しても傷ギザギザの十円自販機素通りしたる

風呂の蓋の襞に汗ばむたましひをきつく巻き取りたき夜があり

母の黒髪

ゴムバンド締まりてをらむ十字路の電信柱に供花のなき夜

亡き人にひねもす心奪はれて二分の一なるうつつの厚み

ワンセグが切れ切れに映す気仙沼の火に泣きしとふ東北の祖母

あの日々を皮膚のごとくに着続けしジャンパーに地震《なゐ》のにほひ残ると

みちのくより嫁ぎて来たる二十九の母か　道辺の蜜柑を拾ふ

二十九の母の黒髪浜風にまだ慣れざれば吹かれやすきよ

梅雨の坂道

水無月の雨はあまねし電柱に後から濡れる面のありたり

靴先で流れ裂きつつ遡上せむ梅雨の坂道水脈引きながら

仰向けで開く本より落ちきたる文字バラバラと喉《のみど》を塞ぐ

視野の端の眼鏡のフレーム消し遣りて仰ぐ景色を二刷《にずり》と思ふ

星見えぬ空を人型に切り抜きて明日の己の影の用意す

うたはぬうたよ

いつせいに風上を向く傘の先雨が歌だと知つてゐるのだ

蒼天に何か吐き出しながら飛ぶ機体が今日は雲を引かない

夕暮れに口笛吹きつつくだる坂今朝とは違ふ言ひ訳をして

満たさるるまでの隙間が限りなく満ちたるに似て夜更けの声は

抜く時に痛むと怯え留め置く棘のやうなり　うたはぬうたよ

あはせ方逆のをとこのシャツの釦一つかけゐる夜の無月かな

汽水となりて

うち靡く春の窓辺のカレンダー初めて風に捲られゐたり

七色に滲み出したるアスファルト紙風船は雨に踏まれぬ

夕焼けの野原に立てば人も犬も見霽かすといふ行為をなせり

言へなかつたことばは川を下りゆき汽水となりて頬を伝へり

歳時記を覚えてしまひし後の夏季節はかつて眼を打つたのに

ただなかを読点打たず走り抜け振り返るとき夏は句点だ

生まれたら一度死ぬだけ真っ直ぐに歩いて渉る遠浅の海

スイッチ

欄干にいつまでも胸押しつけて水面見つめる少女であつた

見むとせぬゆゑに見えぬと言ひ張りき暗闇で猶まなこ閉づるを

俯きて君のおもかげ追ひゐるに桜のかげにすつぽりはまる

しあはせとふしあはせとを押し分くる痒みのやうなスイッチがあり

はららかぬやう電線に搦めたし今年仕舞の秋虹ならば

全山を染めたからむよ龍田姫舗装路黒く切りとほされて

阿弥陀籤辿りてゆけば枯れ枝はこたへ空へと投げ出だしたり

境界

霧の街の視界は白く仕切られて此処も誰かの境界となる

擦つても刷いても弾き返される縄跳びの縄高きみ空に

行き詰めば大方のみち海手へと開けるこの地ゆゑに生きらる

耳抜きの出来ぬままにまに沈みゆきしあの初夏の海の痛さよ

昇つても見下ろすことを赦されぬ坂を何処まで昇れば良いか

支点力点作用点それぞれが君を背負ひし時より消えず

「院内用携帯メールが使ひ辛い」のたまふ医師は円き爪持つ

さよなら以外の

別館五階緩和ケア科の廊下には厚き絨毯敷き詰められき

悲しみを吸ひ尽くしたる絨毯と思へり色の記憶はあらず

胃袋を見込まれたのか我のみに父の余命を告げけり医師は

采の目のやうな涙がぞろぞろと　やがてひとつぶ赤目の一が

空き箱は貯金箱にも為るといふ「不易」なる名の糊の転生

父の胃に物差し当てゐし医師の手に測れぬもの等なからざらむよ

父の余命告げられて乗る車窓にはさよなら以外の全てが映る

電池

もう何も食へぬ体を屈ませてリモコンの電池を換へたりし父

午後二時前　父は逝きたりその時刻日々教壇に立ちけむ父よ

真つ白にこんなにしろくなるのかと指ばかり見る顔よりも見る

医者の来る気配に居様を整へてしまへり正しく嘆かむとして

車倚子押すコツ摑む時間さへ我に与へず逝きたり父は

忘れ物ないかと幾度見回せばコインロッカーの四隅磨り減る

葬儀場の時計の針は容赦せず君失ひし人生進める

水面に浮くもの何れも静もりてその影のみが揺らぎて止まず

藁半紙の海

思ひ出にふと翳さるる分厚き手あれは雪雲ではなかつたよ

父の持ち帰りきたりしざら紙の試験用紙はこたつに置かる

採点を始めし父の真似をして右肩上がりのまるを描きたり

X軸Y軸を引きアキレスは亀に追ひつけないよと笑ふ

藁半紙の色に滲んで読むことができない　風も問ひその一も

藁半紙の海、父の問ひ、いつまでも解けないこたへを沈めたままに

潮風に瞑りてをりし目を開けば視界にはかに青み渡りぬ

少年

漂白剤そんなにぶつかけなくたつて　父は茶渋をもう残せない

高架橋に差し掛かりたれば少年は車窓に額《ぬか》をつと寄せゆけり

「この瞬間が一番きれい」少年の背丈ぎしりと音立てて伸ぶ

連なりて詩形成せども読めぬ文字　死が解らない、この詩のやうに

いつの日か波を生みたし調べとは最期の息にやどりたまふを

教壇に再び立ちたかつたかと問ひてしまひきああ過去形で

停め置きし父の車を動かせば黒らかに地は朝の陽を浴ぶ

若草は棺のごとき方形を残したるまま萌え立ちてをり

余地のある草原残し逝くことのこれから芽吹く命を父に

Ⅱ　空が揺る

措置入院

別れ路に真つ白な本手渡され去りゆく冬の重さのやうで

冷たいといふ感覚に目を向けよ　医師は机に左手を置く

困らするつもりなけれど指と指クロスさせたる癖を出す医師

「あなたがね嫌と言はうが措置入院ていふ方法もあるんですから」

ヒャクカラナナヅツヒケトホントニイフンダナ思ひながらもこゑをだせない

独り言止まれぬ人と居合はせて言葉を隠す我が浅ましさ

桃太郎

子らの手が次々窓を拭きたれば車内にはかに雨のにほひす

外来に女医の纏ふ香洩れ来たりこれが私のやまひのにほひか

失笑を敢へて買ふのは吾を守る為とのたまひ真顔となりぬ

亡き父の夢書き付けし手の甲を洗ひ流せば父も消えゆく

真つ直ぐに樟に飛び入る鳥たちに見ゆべし我に見えざる上枝《ほつえ》

桃太郎生まるる前にどのくらい桃を食べたか今でも好きか

母国語に惑ふ日なるかラーメンの召し上がり方既に五度読む

切片

窓際に佇みをれば看護師がかひなにかひな寄せくれしこと

黒革の診察台に腰骨を弾かれてゐつ検査の午後に

我が腕に心理士が言ふ「その傷が薄らぐやうに心は癒ゆ」と

我が身より剝がれ落ちたる切片を見つけられぬと俯せる夢

幾粒の雨にさらせば消えるのかひらがなばかりの手の甲のメモ

死ねといふことば初めて口をつき松ぼつくりを拾ひに拾ふ

看護師に監視されつつ用を足すあの日の我は月経だつた

脳波

油性ペンでＥＥＧと書かれたるスリッパに履き替へ髪を解きぬ

皮膚強く擦らるる痛みに堪へてをり二十数箇所電極貼らる

七色のコードが我の頭皮より絡み合ひつつ計測器へと

脳波とは我が発しゐる微弱電流眼球動くを注意されたり

ＥＥＧ検査の電極取りしのち技師はさくりと我が髪梳る

忘れむとする圧力で畳まるる羽のやうなる脳波の震へ

砂の城

お大事にと言はれて気付くさうだつた私は患者で貴方は医師だ

キャスターは事故のニュースに微笑みを被せて次の話題に移る

三つ目の検査で暗室に入りて眼科で測らるるは審美眼

真剣といふより深刻砂の城たてては こはす子の眼差しは

待つ人のやうに見送つてゐるやうに立葵咲く風のバス停

語り手のそつと発音繰り返す「お花畑」のおになりたしも

青は南と違へて覚えしコンパスの針が「北さ」と我が臍を指す

此の世の道

方角を問はれて海を述ぶるとき心の海は並べて明るし

水は青く、　ないと言ひ掛けザラザラのプールサイドに膝抱へゐき

幼き日みなひとたびは唱へけむ逆さから読むじぶんのなまへ

「神の救ひ」見えぬ誰かに説く横で少年の送球宙繋ぎたり

生涯に切る回数を切り詰むる為に伸ばして深爪をせむ

停電で浮きたる万の鰯らを弔ふ水族館の職員

拒むなら呼吸も出来ず木犀に此の世の道を迂回させらる

鳩サブレー

四枚の影を蜻蛉の翅のやうに羽ばたかせ蹴るナイトゲームよ

時速二百キロの車窓に三分間田は映り継ぐ　みちのくに来た

自転車のリムは光に撫でられてほつりと錆を取り落としたり

書くほどに冷えゆく指かまだ母を物語になどしたくはなきに

真つ直ぐなものの基準としてあをき水平線を心に持ちつ

鳩サブレー型に丸みて休みをるをかしな鳩かフッウの鳩か

ランダムに見えてパターン化されゐるも人の心と壁紙を撫づ

光のくるしみ

通行止め解かれすなはち破らるるセンターラインの平たき眠り

にはたづみ飛び越すほどの助走もて降車ボタンに腕《かひな》を伸べつ

海面をのたうつ光のくるしみを凪ぎゐるるなどとゆめのたまふな

意志・希望の助動詞運用する際《きは》に脳裏を過る自動詞あるも

無自覚に足揺すらする医者の目を倍の自己愛で見返してやる

どの雲も同じ形にしか見えず指切り知らない小指よ戻れ

満月

迫り上がるガラスの窓は運転席の君を消しつつ夕映えてゆく

暮れ方のバスに揺られて Life とふ車としばし並走したり

恋愛と信じてゐたる感情を依存と位置付けられし日、いそん

浅き湯に沈みきらざる諸脛《もろずね》の指でたどれぬ屈折角よ

我が母の腹の膨らみ日ごと増し孕み直されゐたるわたくし

満月だ曇り硝子のこの窓を開けたことなどなかつたのだが

夏への手紙

鉛筆の芯のにほひを滲ませてノートに雨を降らせてをりぬ

三画の草根が指に触れてくる苦といふ字を書かうとすれば

繰り返し互ひの軌跡を消し合ふもひとつところへ帰るワイパー

この足に歩みを許されいつの日か白詰草を踏むのだらうか

銀色の差し出し口に手の甲を滑らせ放つ夏への手紙

よしずよしずと売る声のする雲間かな目を閉ぢてゐる方が眩しい

新しき季節を感ずるため捨つる記憶もあらむ手をかざす君

私とは違ふ覚え方したのだらう曲がり角では空を見上げて

縄の記憶

名を呼ばぬもの皆融けてゆくからに灼熱の下叫びてゐたり

緑陰のおほひかぶさるバス停に君のこぶしは握られたまま

リサイクル工場裏のフェンスより貝塚伊吹のいぶき食み出す

はじまりは君にホチキス借りた昼その爪際の白き傷から

暗算で解きに解きたりまぼろしの珠弾きゐる指の明るさ

運転手不在の電車ごつこかな右手に握る縄の記憶の

吹かれつつ靡かぬままの我が影をときに足から切り離したし

世界地図挟みし塩ビの下敷きの端に肘つくボリビアの上

聖家族

五の段は唱へやすきかゴックとぞ張り上げ始終ご機嫌である

振り仰ぐ階数表示の点滅よ待つとは光を追ふことに似て

曇天に貼り付くるごと綴りけり生みたいと一度も思へなかつた

夕焼けに焼かるれど我が焼き尽くす程の何をも持ち得てをらず

設計図を胸に忍ばせかなしみの詩句を積みけむ立原道造

秋風に打ち靡きける花すすき我は大地を寄せ過ぎてゐむ

コスモスが微笑み掛けてくれてゐる何て思へた事つひに無し

各駅停車ドア広告の聖家族駅に着くたび真二つとなる

秋の日捲り

手の小さき妹が花嫁になるわが妹がもみぢの下で

後れ毛は羽根に似たりて花嫁は結婚誓書に目伏《まぶし》落とせり

ヒラウコンバインバインとエンジンを唸らせ尻より藁屑こぼす

三本目の触角として我を刺す蝶標本の胸の虫ピン

もつときつく縛りつけられたきゆゑに朝な夕なに血圧測る

電柱を埋められ空を編むための糸をひと束なくしてしまつた

剝ぎ取りしはずの月日が右隅に溜まりてゐたり秋の日捲り

白塗りの五号鉄塔がうがうと唸るボイラー島に朝来る

風はこぶ

海に降る雨のしづくに音のなく浜昼顔がうなづきてをり

海より青き海を見てをり断熱用フィルム貼られしバスの窓越し

雲を肩にとどめ流れてゆく君よ帽子のゴムを鎖骨に垂らし

水平線わづかにへこむその下に空を吸ひ込む魚《うを》のをるらむ

てにをはが雑になつたと指摘さる半袖着なくなりし頃より

風はこぶ風は瘤と読み違へスカートの裾にとりあへず隠す

静かなひと

金色のドアノブ胸に嵌めて待つ電気帯びたる手の触れくるを

大股でよぎる庭先打ち水の涼気及ばぬ高さにゐたい

踏切は濡れ初めにけりバラストの匂ひに鉄の混じりくるかも

瞼より眼が偉いばつかりに静かなひとになれないと泣く

どの色を選びて折れど合はせ目にのぞいてしまふ一条の白

朝凪にペダル踏み込む自転車は風と風との繋ぎとなりぬ

複雑にしないかなしみ架かりたる二重の虹は色を交へず

一生分風に吹かれて昼顔の咲く浜辺より隔たりてゆく

闇の温度

予告信号続くカーブを下りゆけば渋柿の朱富士山《あか》の青

むばうびに布団に足を突つ込みて闇の温度に触れてしまひぬ

まれまれに綿の詰まりて生まれくる体のあるを長らく信ず

二時間の帰路の寂しさことごとく二時間かけて思ひ返しき

隙間なく閉ざされてゐるブラインド影引くことも許されなくて

動かなくなるまで蟻を泳がせし赤きバケツの赤き水かな

Ⅲ　空を乱す

母の目当て

翳す手の小指が水平線を掻く私は夏の朝に生まれた

大人といふおほきな人になつていくときはぜつたい痛いとおもふ

水つ気を切らむと空が手を振つて払つてるやうな気まぐれな雨

酔ひたれば角にぶつけるこの胸の膨らみにまだ慣れ切つてない

十年前胸貫きし留め針がシールに変はりて愛の羽根はも

雨は葉を揺らさず降りぬ手紙など書かない人と隣り合はせて

目を開けて生まれたる我まなこには母の痛みの入らむばかりに

時刻表に引き伸ばされた路線地図　東北は薄き紙の上なる

わたくしを産みくれたりし我が母の目当てはわたしだつた筈なのに

陸離たる空

ですを付けるか否かに迷ふ検査にて右とか下とか言ひ捨ててゐつ

きみが使へばそれが私の語彙になるミリセカンドといふ光のやうな

をも見よと漢和辞典に指示されしあなたの指がわづかに反れり

サ行音うつくしく訛るきみなのに死ねと呟くときだけ死は死

白きもの降らする白き空鳥を抱く空まなこ閉ぢさする空

しあはせであるしわよせがやってくる皆様にはご健勝のことと

「ございます毎度ありがたう」斜交ひに巻き付けてゐるペーパーの芯

イカロスの翼の形に張り詰めて永久《とは》に落ちない吊り橋はなし

きみの名に忌と続ければ唐突に君は死にたり陸離《りくり》たる空

血のやうな

石鹸を使ひ終はつた午後届く喪中葉書に咲く胡蝶蘭

哀しみを観察する為スライスし染色したれば照れるじやが芋

矢印の示す先には神がゐる　導かれつつ精神科へと

「希死念慮」に○×つけよと直に問ふ問診書にでも答へてみむか

女子会のさなかに頬の内を嚙みひつそり吞み込む血のやうな嘘

抱かれたる記憶はあるか触れらるることは好きかと真顔で問はる

鉄塔

石鹸玉《シャボンだま》ぶつかり濡れる一瞬に　この鉄塔はもう辿らない

直接に呼び掛くることなくなれどなほ呼ぶ名あり夕立が来る

病室の水が止まらずセンサーは我が手以外の何かを感知し

蜘蛛の糸とは斯くも頼りなきものか白衣の袖より糸屑の垂る

校正の部屋の窓辺の百日紅ああイキてゐるそのママである

物干し竿くぐれば母の声になる子供の描く絵に耳はなくても

我が孤独を白と定めて売りにせむ天涯花の群に分け入り

焼き立ての埴輪の匂ひに包まれて焼かれし乳房に抱かれて眠る

紫陽花

灘を灘とも気付かせぬまま舵を取るあなたのなかの死者に会ひたし

目の前で色の褪せゆくことのなき紫陽花の玉を日暮れまで見つ

生きてても死んでも臭い亀虫は実力以上のスピードで鳴く

海潮を潜り抜くるとき顳顬《こめかみ》に光の波を写し取るらむ

父死にし時間にとはに垂れてゐる紐をくつくと引けば点れり

父よ母よ、　曾てせざりし呼び掛けを花火の空に呟きてゐつ

クタの浜辺

赤道を越え島に降りまづ齧るウェルカムフルーツ南の味す

「編みませう、その髪を」クタの浜辺には風の匂ひの商ひがある

店の隅で我を蹴りたる島の子は瞳逸らさず我は逸らせず

諦めとは幼さならむいつまでも我の背丈を越えぬひまはり

ワヤン・クリ表も裏もなき芝居明るいうちに座席を決めて

吹き止まぬ風のせゐだと言ひ訳をしたこの島を明日出てゆく

鍵が鳴る

マッキーで何十回も持ち物に「木ノ下」と書き入院をする

閉鎖病棟の七時の朝食のＢＧＭに『小さな世界』

詰所には小さき水槽ひとつ置かれ魚の餌の封開け放しなり

看護師の仕事に魚の水槽の水替へありて楽しげなるよ

看護師に囲まれ売店へ行く様を外来患者に見届けられつ

金魚掬ひのごとくささつと健康な自己を掬つて育てなければ

クリスマス過ぎても点いたままである閉鎖病棟の中庭のツリー

看護師の腰につけたる鍵が鳴る鈴の音に似て聖夜の廊下

指の先から

看護師は二人の患者に手を取られ指の先から赤みゆくなり

看護師と患者が患者の噂する午後の散歩はダウン着込んで

精神科急性期病棟に男性の看護師多きを知り初むる冬

病棟医の髪の毛伸びて来しことも明くる日短くなつてることも

『心の休ませ方』『統合失調症がやってきた』読む人のあり我は歌集読む

私物への名前記入が義務であり苗字書かれしコーラ飲む朝

全館が暖められてこの冬の悴みを知らぬ十指なりけり

年若き人

葉擦れ鳴る中庭はどこも閉ぢられて風だけが去るしまとねりこ揺る

リスペリドン、クエチアピンにビペリデン、我を生かしてくれよ初雪

雪の夜の斯くも明るきこと知らず午前三時の常夜灯消す

インナーの紺と白衣の明暗のきはやかなるよ若き主治医の

両袖を肘まで捲られ傷痕の顕なるまま仰臥しゐたり

色白の主治医なり拍手する度に結婚指輪がチラリと光る

年下の看護師立ち会ひの元で前髪を切る　切り過ぎてゐる

背後からがちつと抑へ付けられてもう四度目のゼパム筋注

ベッドサイドに片膝立ててしゃがみくるる医師は我より年若き人

書き間違へて

献立表スケジュール表倫理綱領並んで貼らるるホワイトボード

炊き加減毎食ややに異なれる飯に納豆ぶちまけてをり

看護師の私服姿を見たる夜の病棟ほのか蜂蜜にほふ

コップ洗ひは土曜日の午後飲みかけの煎茶捨てられ持ち去られゆく

プラスチックのコップで飲みたる茶とお湯が何錠薬を胃に運びしか

「看」と「患」書き間違へてばかりゐて看護師は夜ごと眠剤飲むとふ

こゑを貪る

男性の看護師同年代多し脈に触れらるるときの疼き

自己愛のたつぷり充たされゐる患者その後ますます饒舌となる

監視カメラを見上ぐる事はわたくしを見詰むる事なりきりりと見詰む

テトラミド　テトラポッドに打ち寄する波のやうなる眠りを誘へ

この声が私に向けらるる日々は僅かとなれりこゑを貪る

Ⅳ　空に住む

出口となさむ

入口はこの白きドアのみなればいつの日か此処を出口となさむ

サンドイッチに指のへこみが消えなくて初夏の汽笛は空を広げる

あの虹の青と緑が好きだけど「赤」と答へた方が良かつた

舞台から転がり落ちし小道具の鉛筆物語から食み出て

君のこと物語にした罰としてどんな晴れにも行き止まりができた

死ねばもう眠くないんだシャッターは引き上ぐる時意外と軽い

この道の日の陰り方を知つてゐるあなたの罪を知らないけれど

しんがりを歩むを許され得ずにゐて病院の大庭水仙かをる

とねりこ

窓を背に朝日のなかに白く立つ医師なりき梢吹かれつつあり

一一七は時報なり我が病室は声が時間となりゆく部屋よ

「願ひが叶ふと寂しいことってありますよね」と主治医が言ふ静かに言ふ

笑ひ合へば主治医の顔も赤らみて精神療法と名の付く対話

木洩れ日を映して揺るる壁それが閉鎖病棟の壁であること

四方《よも》の春　閉鎖病棟の中庭のとねりこの木肌滑《すべ》やかにあり

さざなみ

天井の木目が今もこはいつて小さな前倣へをして言つた

舐め終はる直前にする木の匙の味混じりたるアイスキャンディー

とりどりのビニルのちさき風車ネッツトヨタをぐるりと囲む

金環日蝕まさに輪になる瞬間に人の噂を始むる母は

ＡＭをＦＭに切り替へたとき取り落としたる　さざなみの音

母親とあつさり別れ母でなき人に心を乱して泣けり

スピーカーは迷子の報せを繰り返す提灯よりも高きに据ゑられ

芳一の耳

絵葉書のカメラ目線のハムスターもう多分生きてゐないだらうな

蹠《あし》にさへ経書かれける芳一の耳に日焼け止め塗りたき炎夏

我が面皰《にきび》潰す音我にのみ聞こえ片手で引けるだけ草を引く

人称が変はる瞬間、無意識に夏野へ体《たい》を浸したるやう

感情は隠し持つもの玻璃窓が格別の赤光に射られる

セーラーの襟に木洩れ日滑らせて十五の我は松林行く

プルタブののめり込みたる舗装路を踏みては帰るあの夕間暮れ

方舟

熟寝《うまい》する母を初めて見し夜明け漕ぎ出ださむと乗りし方舟

白シャツを炎の揺らぎに染められて竿で灯籠流しし男

「うん」とだけあなたが言へばいいやうに用意したはず悪意をもつて

マヨラーと打つ指キーのうへ跳ねて月夜と打つとき月はしづかだ

虹を生むには力不足の光たちもう乾くしかない水溜まり

我といふ生をあなたに返すからあなたが笑つて笑つて捨てて

夏の面積

夕凪の終はれば花栗にほふみち風にも量があるといふこと

青空が最も近く我にあり父親のごとき夏の面積

彼のあたり虹の架かりしことあらむ架空索道つるりと進む

声を出せずに歌はうとする歌なりき心の内に「神よ」と問ふとき

抱かれしこと無き体の語らなさ雨に濡れつつ傘は差さない

夢の中で夢は早くも懐かしい火星の青い夕焼けのこと

母親に殺されたしと願はくは神のくしやみの燃ゆる音する

不眠症

玉かぎるハローキティは前足でペロペロキャンディー持ったりもする

アナウンス聞きたればああ改めて新幹線も電車なんだと

塔よりも高きに咲けるたちあふひ我の愛するパースペクティブ

トラウツボの一世閉ぢられなき口よ踏切は踏み切る為に閉ぢ

何故死者を思ひ出すとき彼ら皆立ち寄りて我に手を伸ぶるのか

カプセルに書いてある文字飲み込みぬ我が脳に効くちさき文字なり

恐竜のゐた頃不眠症ありしやフルニトラゼパムのしのし歩く

文字盤

倚子の影伸びやかに床に映りゐてその影に我は支へられたり

チチヤスのリンゴジュースの匂ひする風が吹いてて楽譜を捲る

金木犀の香りの最後の一滴はその木自身が浴ぶるのだらう

思ひ出は悲しかりけりわたくしを懐かしさに閉ぢ込めたみたいで

社労士の左手首の文字盤に数珠の影やや落ちてゐたりぬ

曾祖父はづんつあンと呼ばれづんつあンは柘榴の花が好きなのでした

桜の下を

初霜の銀の朝《あした》を踏む我に大赦の報を齎したまへ

真つ白に世界の形が整へば日記に記す初雪のこと

雪は黙つて降るべ雨は黙らねべ　しんしん痛む祖母の右足

言の葉はいちど爪先通り来む　冷たきままの指で呼び掛く

真つ直ぐに降る早春の雨の音の主成分こそ青いのだらう

満開の桜の下を行く人よ私を北へ連れてゆくひと

薬って書き残したけど違ったね夢って書かうとしてたんだよね

銀のくさはら

雷鳴のとどろく海に泳ぐこと銀のくさはら隠し持つこと

門火焚く祖母のおゆびの節太く来年ござれ来年ござれと

父の死後最初に降つたあの雨は天泣だつた短く降つた

四ヶ月先の暦の掛かりゐる病室の壁　其処まで生きよ

片耳より眠りに落ちていく父の最後の音になりたかりけり

ブラインドといふ刃物の捌《さば》きたる月の光を一枚踏みつ

灯油ストーブ消したる何分かののちにぐらりと鳴れりこんばんは、父

あとがき

海の傍で育ちました。台風が来ると海鳴りがしました。幼い私は、浜辺の砂利に手を突っ込んで、シーグラスと呼ばれる「水石《みずいし》」をよく探しました。海へ行く道に鉄塔が建っていました。鉄塔を見上げることは、空を見上げることと同じでした。そこは、父が毎朝出勤するために通る道でもありました。

子供時代、自分の内なる熱量で、体が張り裂けてしまいそうでした。時折酷く暴れました。この感情で、鉄塔を倒すことができるのではないかと感じていました。次第に、胸の奥に溜まっているエネルギーが、激しい別の何かに向かって変容してゆく様を感じました。

私の両腕には約千箇所の傷痕があります。何故私は、人を、物を、失う以前に、失う痛みと悲しみを知っていたのだろう。私は我が身を爛れさせる痛みを、代わりの痛みとして、自分を切り裂かなければ生きてこられませんでした。爛れた身の内は、痛くて苦しくて、息をすることも儘ならない。死んだ父親。それから出会って別れゆく人。この苦しさに私は耐え切ることが出来ない。だから私は更に欲しました。ぎゅっと握ったら、生涯離れることのない何かを。それが短歌でした。だから私にとって短歌は、「苦しみ方を変える変圧器」のようなものです。会いたくても会えない人に、焼け付くように会いたい。今でも苦しいけれど、短歌が私の苦しみ方を変じてくれます。

第一歌集を出版するに当たって、温かく見守ってくださった「港の人」上野勇治様、装幀を担当してくださった飯塚文子様、跋文をお引き受けくださった学生時代の恩師である助川幸逸郎先生、ご迷惑ばかりお掛けしている「水甕」代表春日真木子先生、春日いづみ様、清水正人様に、深謝いたします。

そして、この腕の千の傷は、私の家族を千回傷つけたことと同等であると自覚しています。これからも、私の心の鉄塔を辿るように、或いは煌めく水石を砂の中から探し当てるように、歌を詠い続けていきたいと思います。

二〇一八年五月、晴れた土曜の午後に

木ノ下葉子

木ノ下葉子（きのした　ようこ）

一九八〇年七月十一日山形県寒河江市生まれ
静岡県清水市（現　静岡市清水区）三保に育つ

二〇一〇年十二月　「水甕」入社
二〇一三年　水甕新人賞受賞
二〇一七年　水甕賞受賞
二〇一八年　「水甕」同人

水甕叢書第八九六篇

陸離《りくり》たる空

二〇一八年七月十一日初版第一刷発行

著者　木ノ下葉子
装幀　飯塚文子
発行者　上野勇治
発行　港の人
神奈川県鎌倉市由比ガ浜三－一一－四九 〒二四八－〇〇一四
電話〇四六七－六〇－一三七四
ファックス〇四六七－六〇－一三七五
http://www.minatonohito.jp

印刷製本　シナノ印刷
ISBN978-4-89629-350-0 C0092